Soixante dix-sept

Un Kaputnick peut en cacher un autre

Du même auteur

Bazar et Cécité   2018

Le dodo de Dado   2016
Petites histoires et piécettes du « théâtre de Dodo ».
Produit d'une (très) étroite collaboration
Avec Maura Murray

Toujours un pet plus loin   2014-17
Cinq "Petits Écrits à Tiroirs" : Augustin qui n'était pas un Saint, Le monde petit d'Augustin, Soixante-dix-sept (ed.1), Capilotades exquises, Ainsi parla Bacbuc.

Charles Bantegnie 1914-1915
Préface   2014

Remerciements

Maura & Viviane for sharing the F4

Barbara, Jean-Marie et les randonneurs du Paris-Brest-Paris 2015; en particulier Didier et Patrick

Photo©unsplash.com

*L*a pâtisserie à la crème "Le Paris – Brest" représenterait une roue de vélo, selon les adeptes de la randonnée cycliste éponyme.

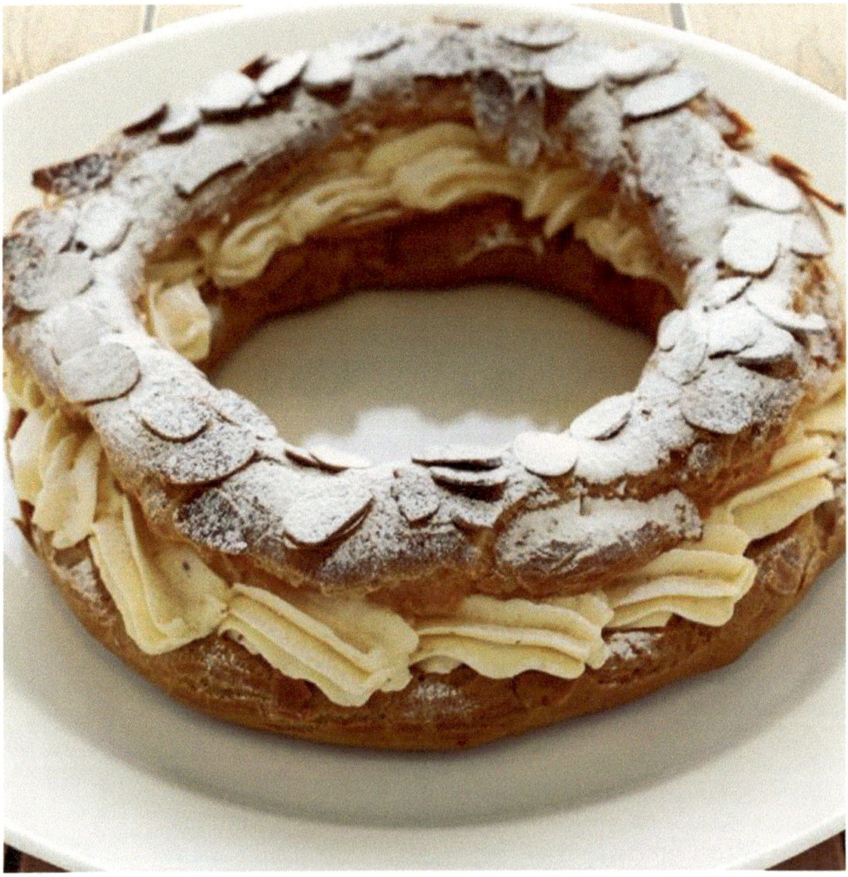

Préface

Pourquoi donc revenir sur cette histoire imaginée pendant l'été deux-mille quinze ? L'arrivée massive et souvent tragique de réfugiés en Europe bousculait alors les bonnes consciences. On parlait même de la généreuse nation qui en accueillait un million. Trois ans plus tard « tout le monde » s'accorde désormais pour organiser la fermeture des frontières et dissuader toute nouvelle entrée. N'y aurait il pas un air de *déjà vu* ?

« À la suite de la création du Grand Reich, le 10 avril 1938, l'afflux de migrants juifs d'origine allemande et autrichienne aux États-Unis augmente considérablement. Le problème est que seuls 150 000 visas par an sont délivrés, dont 27 000 pour les Allemands et les Autrichiens. Une conférence internationale fut organisée à Évian, à l'initiative de Franklin D. Roosevelt. Elle se déroula du 6 juillet au 16 juillet 1938. Pendant plusieurs jours, les différentes délégations font de nombreux discours expliquant pourquoi leur pays ne peut changer sa législation pour recevoir les réfugiés juifs. La Grande-Bretagne refuse d'en accueillir en Palestine alors sous mandat britannique craignant des troubles avec la population musulmane. La France est sur la même position avec l'Algérie ou d'autres territoires d'outre-mer. Madagascar évoqué en 1936 avec la France par la Pologne pour l'émigration de sa propre population juive avait alors été définitivement refusé. La Suisse indique qu'elle ne peut plus accueillir de réfugiés autrichiens et a même rétabli le système de visa avec ce pays. Le représentant australien indique que son pays ne souhaite pas « importer un problème racial ». Seul le représentant de la République dominicaine et frère du dictateur Trujillo propose d'accueillir 10 000 réfugiés juifs contre subventions ... Les historiens disent qu'en fait les délégations occidentales craignaient surtout l'afflux des autres populations juives d'Europe centrale, chiffrées par millions. On connaît la suite ».

Heureusement, l'histoire ne se répète pas ...

Prologue ... cycliste ou pas ?

Que nous dit donc notre chère et brave WikiPedia ?
« *Le prologue est la première partie d'une œuvre servant à situer les personnages et l'action.* »
Mais voilà, le prologue c'est aussi, en cyclisme sur route, une course contre-la-montre individuelle disputée en ouverture d'une course par étapes. La distance est courte: l'union cycliste internationale impose qu'elle soit de moins de 8 km pour les hommes élite et de moins de 23 ans et de moins de 4 km pour les femmes élite et junior et pour les hommes junior. Rien à voir avec ce que ce qui va suivre. Quoique.

Le très célèbre *Tour de France* cycliste traverse régulièrement la Bretagne. Là comme ailleurs, tout commence par le bref et tonitruant passage d'une caravane publicitaire très prisée des familles, suivi de l'apparition furtive d'un peloton de coureurs cyclistes en plein effort. Dans le meilleur des cas, le peloton est précédé d'échappées copieusement applaudies. Moins pourtant que les retardataires que l'on encourage avec force. Le tout, très populaire et festif, est vite plié, au terme d'une longue attente au bord de la route. Et puis, en cette même terre de Bretagne, il y a l'*autre* rendez-vous des amoureux de la pédale. Tous les quatre ans et ce depuis 1891, la randonnée cycliste **Paris Brest Paris**, ou **PBP** pour les intimes, se répand dans la contrée pendant trois jours et trois nuits. 1232 Kilomètres au menu. Prés de 6000 cyclistes en tous genres et de toutes nationalités. La performance attendue des participants est le *non stop*. Rouler jour et nuit et terminer l'aller-retour en moins de 90 h, pour les *plus lents*.

La surprise vient de cet autre engouement populaire et solidaire qui se manifeste tout le long du trajet et ce pendant toute la durée de la randonnée. De jour comme de nuit, toute une population vient encourager et observer ces forçats du cycle. Sur les routes, lors des haltes de contrôle, les familles et les curieux encouragent les randonneurs. De nombreux villages et villes sont pavoisés sur le thème de la bicyclette et profitent souvent de l'occasion pour organiser une fête. D'autres fous de la pédale se mêlent avec brio aux cyclistes traditionnels. Des tandems bien sûr, aussi les vélos pour trois et surtout les vélos couchés, certains modèles carénés et profilés comme des bolides de formule un. Plus récemment, on a vu apparaître le vélo elliptique. Cela ressemble à une trottinette à pédale ou à une machine du genre de celle que l'on chevauche pour brûler des calories dans les salles de sport. Sauf qu'avec le vélo elliptique, chaque pression sur les pédales propulse vers l'avant.

Je ne suis pas cycliste, ni même qualifiable de *sportif*. Du Paris - Brest, je connaissais bien le gâteau, mais pas vraiment cette randonnée du même nom. Lorsque mes vieux comparses Augustin Triboulet et Jack Lewis m'en ont parlé, je les ai traité de malades mentaux pour réaliser au final qu'il y avait plus fou encore que la course elle même. Il suffisait d'entrer dans le rituel PBP pour le réaliser.

Teddy Iomiri, Septembre 2015

Les Petits Ecrits à Tiroir

Chapitre un

Les anglais s'y mettent

Une petite équipe anglaise a adopté le vélo elliptique et va attirer l'attention lors du PBP 2015. Le britannique sait être original. Son nom, *Gletilipo* est l'anagramme de la marque qui fabrique ces engins et qui finance le voyage en France. Originaires de Londres, sept hommes et une femme s'entrainent depuis un an sur ces étranges *vélo-trottinettes*.

C'est qu'il faut montrer patte blanche pour pouvoir participer à l'événement ! Les inscriptions au PBP ne sont acceptées que si l'on peut produire des certificats attestant des randonnées de 300 et de 600 kilomètres en un temps maximum fixé. La petite bande londonienne s'est acquittée avec succès des épreuves de sélection. De plus, elle a pu s'associer avec d'autres équipes britanniques et louer ensemble une *double Decker bus* pour les emmener en France avec leurs engins et les accompagnateurs. Ces derniers ont un rôle important. A chaque point de contrôle d'étape, il faut que l'intendance suive. Il s'agit de remettre en selle, parfois au sens propre, les cyclistes épuisés: fournir de quoi tenir, se soigner, voire dormir une paire d'heures avant de pouvoir repartir.

Au fil des entraînements et du temps, l'équipe s'est soudée, a douté aussi, mais là, maintenant, cela serait plutôt le travail personnel intérieur qui prime. Pas du chacun pour soi, mais du chacun conscient d'être face à une falaise d'efforts à fournir en très peu de temps. Certes épaulé, choyé par la chaleureuse "famille des cyclistes", mais bon, surtout confronté à ses propres limites.

Helena Lewis est la seule coéquipière *Gletilipo*. Elle vit seule à Londres où elle travaille comme institutrice. La trentaine sportive, physique agréable, elle a rejoint ce club de cyclistes un peu excentriques, sur recommandation de son père, peu raisonnable de nature, mais très apprécié dans le club. Elle se prépare intensément au "pibipi", c'est ainsi que les anglophones parlent du **P**aris **B**rest **P**aris. Helena ressent la pression d'un groupe d'hommes exigeants autant que séduits par la performance de la brunette aux yeux verts. Juste un peu macho, *mais pas trop*. Il y a aussi chez elle ce besoin d'accomplir quelque chose d'un peu insensé. Sentiment partagé par les membres du club. Avec le PBP, elle sent qu'elle sera servie. Bel exemple de contagion familiale, lui ont fait remarquer ses compagnons du club, par allusion à son père.

Jack Lewis est né aux Etats-Unis. Il a fait ses études en France, avant de parcourir le monde comme on disait dans les années soixante-dix. Il a rencontré la mère d'Helena en Gambie, jeune pays de l'Afrique de l'ouest, à l'époque à peine sorti de la colonisation britannique. Ce couple assez improbable, lui devenu homme d'affaire et elle fille d'un pasteur anglican, avait ensuite décidé de s'installer en Angleterre. Ces deux honorables et entreprenants citoyens avaient fini par obtenir la nationalité anglaise et s'étaient installés à Douvres. C'est là qu'est née Helena.

Les parents d'Helena ont toujours été très indépendants, tellement même que leur fille alors jeune adolescente se demandait - à tort - s'ils n'étaient pas de fait séparés, sans l'avoir déclaré publiquement. Le père d'Helena vient d'arrêter de travailler, enfin *officiellement*. En réalité, il continue ses voyages à travers le monde. Les activités lucratives et récréatives de Jack se mêlent d'ailleurs intimement.

Douvres, 3 Aout 2015

La mère d'Helena travaille à l'évêché anglican de Douvres. Helena l'y rejoint de temps à autres pour l'aider un peu, quand elle ne pédale pas bien sûr. Pour l'heure Helena pense surtout à l'échéance de ce défi fou qui attend la petite équipe Londonienne sur leurs vélo-trotinnettes . D'ici deux semaines, ils seront sur le continent. Une petite visite à Douvres lui paraît nécessaire car elle a bien ressenti l'inquiétude de sa mère lors de leur dernière conversation téléphonique.
…
- **Je suis majeure et vaccinée tu sais ? Tes angoisses ne vont pas me faire culpabiliser, ni m'empêcher de participer à cette randonnée !**

En même temps qu'elle fait la réplique à sa mère de manière aussi peu diplomatique, Helena se rend compte de l'inutilité de son agressivité. La perspective de cette randonnée *extrême* a de quoi inquiéter tout proche d'un ou d'une participante … mais Helena sait aussi que sa mère s'inquiète pour autre chose

- **Ah ça oui ! angoissée je peux l'être, surtout à connaître la composition de ton équipe de fous furieux … ! Mais bon, c'est ton choix. Et pour moi, il y des choses plus préoccupantes en ce moment, tu ne trouves pas ?**

Bien sur que oui, Helena le sait qu'il y a de quoi se *préoccuper* ; sa mère fait allusion au récent appel pour aider les migrants qui parviennent à s'infiltrer en Angleterre. Elle a entendu la veille, comme beaucoup d'anglais - et peu de continentaux - une déclaration de l'évêque de Douvres *Trevor Willmott*, qui emploie la mère d'Helena. Il vient de s'illustrer en proclamant haut et fort au nom de l'église anglicane, que le traitement infligé aux migrants était une honte et que les britanniques devaient s'impliquer pour les secourir.

- **Oui, je sais,** admet Helena, **on va dire qu'enfin des voix s'élèvent. Mais ça va changer quoi ? Cela fait des années que cette misère est devant nous. Et il se passe quoi de concret ?**
- **Helena, je vais te redire ce que j'ai toujours entendu dans ma famille ; face à des circonstances exceptionnelles, dans une société, il y a à peu près le même ratio de héros que de salopards, tous les deux assez faibles. Et puis il y a la grande majorité des gens qui veulent surtout éviter les ennuis mais qui peuvent faire basculer les choses d'un coté ou de l'autre ... Ce ne sont pas des héros, mais les petits actes, héroïques ou pas, accumulés qui peuvent faire la différence. L'évêque n'est pas allé sauver de la noyade un seul réfugié, mais son engagement encourage ceux qui veulent agir face à ce drame.**

La mère d'Helena croit se parler à elle même, convaincue - à tort - que sa fille ne l'écoute déjà plus. Celle-ci lui renvoie pourtant

- **Tu changes de sujet maman, ce n'est pas plutôt la présence de mon père dans l'équipe *Gletilipo* qui t'inquiète ?**

***
*

Chapitre deux

Ça grimpe, ça cause et ça délire

Un village en Ariège, 3 Août 2015

Je n'ai jamais été très à l'aise en altitude. Arrivé dans cette haute vallée Ariégeoise, cela se confirme. L'idée de passer une semaine loin de tout, dans les Pyrénées, m'avait pourtant tout de suite séduit. Pouvoir y retrouver un ami de toujours, Augustin Triboulet transformé en vieil ermite ! De quoi plonger dans la nostalgie et se ressourcer pour pas cher non ? J'avais retrouvé Augustin par hasard - encore qu'avec lui, le hasard - à l'occasion d'une manifestation dans les rues de Paris, au tout début de l'année 2015. Un curieux sursaut vraiment, ce mouvement provoqué par les massacres à Charlie Hebdo et à l'Hyper Casher. Augustin, comme beaucoup, s'était retrouvé dans la rue. Très troublé, il avait quitté son repaire pyrénéen pour se joindre à la foule manifestante. Et il y avait eu notre rencontre fortuite près de la Bastille, les émotions partagées et la promesse de passer du temps ensemble chez lui dans le Haut Ariégeois.

- De là à crapahuter sur des chemins montagneux ! Pfoui ! ...

Mon dernier exploit sportif remonte à l'année dernière avec une montée sur un terril du Nord de la France. Une drôle d'expédition dans mon pays natal, cette montée sur un des sommets du Pas de Calais ! Je m'étais alors souvenu qu'enfant, un interdit plus ou moins explicite nous empêchait de grimper sur les petites collines faites des déchets de l'exploitation minière.

- On ne monte pas sur les terrils, ça glisse et ce n'est pas stable ! Disaient les vieux mineurs à leurs petits enfants, mes camarades de classe. Même si, pendant la première guerre mondiale, eux même enfants, y montaient pour voir les combats du front situé à quelques kilomètres de là seulement. Aux premières loges pour quatre ans de feux d'artifice …
Et puis un siècle plus tard on avait imaginé des balades culturelles en haut de ces collines sentinelles.

- Pour valoriser notre patrimoine, proclamaient les communicants de la région.

Je m'étais ainsi retrouvé en haut d'un terril, de nuit, officiellement pour assister à un feu d'artifice - inoffensif cette fois - qui devait zébrer le ciel sur toute la longueur du bassin minier. J'accompagnais des amis plus ou moins organisateurs de l'événement et qui m'avaient supplié de venir. Il y avait trop peu de participants inscrits pour la grimpette. Faut dire que chez les *autochtones*, pas mal d'entre eux issus de familles de mineurs polonais et marocains, on ne trouvait pas ces tas de cailloux très attirants. Une fois la pétarade lointaine et peu visible terminée, la descente avait été aussi rude que la montée. De plus, de nuit et sans lumière, un vrai casse gueule. Mes compagnons de descente discouraient tout en descendant, en me prenant à témoin

- J'espère Teddy que tu reconnais et apprécies l'esprit bon enfant et d'entraide de notre belle région ! C'est vois tu, le résultat du *melting pot made in ch'ti land* !
- Arrête ton char ! Les Marocains embauchés par les Houillères du Pas de Calais, le melting pot, le black-blanc-beur et tous ces jolis mots, c'était pas leur truc ! Tu oublies un peu vite comment on les a recrutés pendant les années 60-70 dans

l'Atlas marocain, pour faire le boulot au fond des mines que les français ne voulaient plus faire.
- ... **Et ils sont toujours considérés comme des citoyens de seconde zone. Pas surprenant que leurs petits enfants se tournent vers le religieux genre traditionaliste pour exister, se sentir reconnus ! Les mères et les grandes mères musulmanes en sont à regarder avec effarement leurs petites filles qui tiennent absolument à porter le voile !**

La discussion avait alors continué pendant toute la descente ...

Pendant que mon esprit divague et se remémore la scène, je trébuche en permanence sur ce sol pierreux du haut Ariégeois. Il faudra la silhouette trapue d'Augustin se profilant à l'horizon pour me sortir de la petite torpeur du marcheur fatigué.

- **Alors le touriste, on peine ? Oh là, au moins trois kilomètres de grimpette depuis Boussenac, quel exploit mon Teddy !**
- **Quel plaisir de retrouver un ami après si longtemps pour se faire moquer dans la minute qui suit ... Oui je fatigue mon vieux, je suis un gars de la plaine moi monsieur. Fais moi plutôt visiter ton antre.**
- ...

Je découvre une ancienne ferme refuge de montagne, complètement réaménagée par les soins de mon hôte ... décidément un *fort-en-tout* celui là ! Les murs sont épais. Celui qui fait face à la vallée a été percé sur presque toute sa longueur, bel exploit technique. Le panorama offert s'étend jusqu'aux lointaines montagnes qui marquent la frontière avec l'Espagne.
Tout le reste est à l'avenant, en symbiose avec le lieu, magnifique et en même temps aussi moderne que confortable à l'intérieur.

Passés la visite des lieux et mon installation, je me retrouve avec un Augustin quelque peu maussade.

- J'attends des nouvelles de Jack Lewis, tu te souviens de lui ? Cela fait deux jours qu'il devrait être ici. Pas d'appel, rien.

Oh que oui, je me souviens de l'autre membre du trio ami *d'il y a longtemps déjà*. Cet américain exilé vers la fin des années soixante dans le nord de la France (un rapport avec la guerre du Vietnam disait la rumeur), Jack, toujours dans l'action et prêt à donner des leçons à la terre entière. Je l'avais connu à l'université. Un sacré fêtard et aussi un bel emmerdeur, doté d'un tel pouvoir de séduction et de conviction qu'on était simplement heureux d'être dans tous ses coups fourrés.

- Il arrive d'Espagne à pied par la montagne que tu vois là bas. C'est imprudent et pas évident de traverser sans connaître, ni sans l'aide d'un guide pour te faire passer là ou il faut, tu sais ! Mais bon, Jack reste Jack , il n'a rien voulu entendre ...
- Les passeurs c'étaient pendant la guerre non ? et de plus dans l'autres sens pour échapper aux nazis, Augustin !
- Ah gros malin, tu ne fais pas si bien dire. J'ai entendu hier au village une conversation entre vieux habitants du cru qui parlaient de cela. Forcément avec la TV et les informations sur les migrants, ils se prennent à revivre la période de l'occupation, avec les passeurs et tout ça. Pas tous très clairs, ni franchement idéalistes, les passeurs de l'époque d'ailleurs. Rien de neuf de nos jours, ce serait plutôt pire ... Bon n'empêche, il faudrait qu'il arrive maintenant le Jack ...

On n'attendra pas longtemps. Jack finit par nous avertir par messagerie de son arrivée le soir même. Apparemment sa traversée s'est bien déroulée. Ce qui donne juste le temps de mettre en musique le menu préparé par Augustin. Une sacrée fine bouche celui - là, mais qui fait dans le lourd, question cuisine. Un festival de cochonnaille, grillades et fromages en tout genre, du *tout local* bien sûr. Du très bon vin aussi. **Pas trop local, heureusement,** précise Augustin un rien méprisant. Jack nous raconte son dernier voyage.

    - Vaut mieux ne pas être noir ou arabe dites donc en ce moment quand tu traverses l'Andalousie, je ne suis pas resté très longtemps sur les traces du camarade Hemingway. L'ambiance a bien changé !
    - Un peu surfait ton sujet de ballade tu ne trouves pas Jack ? Et puis, crois tu vraiment que c'est mieux de ce côté ci des Pyrénées ? On est en plein délire islamophobe depuis les attentats de janvier. Et en plus la TV et les journaux abreuvent d'images et de commentaires simplistes sur les migrants. C'est l'émotion qui est aux commandes. Tu devrais entendre les sous entendus racistes au bistrot du village. C'est l'amalgame complet islam-terroriste-immigrés-réfugiés ...

    Je sens que c'est bien parti entre ces deux là. Pas besoin d'alimenter la conversation. D'ailleurs, il ya de quoi faire, comment ne pas laisser son regard se perdre de l'autre côté de la vallée, juste devant nous. Les montagnes au loin changent de couleur tout doucement en cette belle soirée de Juillet. Les différents étages de la végétation montagnarde offrent une palette de verts qui s'estompent avec la pénombre. Au plus bas, les hêtres et sapins dominent pour ensuite progressivement laisser place aux épicéas et mélèzes. Vers le sommet, des pins plus rabougris parsèment le sol herbeux ...
    Augustin est en mission remplissage de carafon et passe devant moi bardé d'un large sourire complice. Il croit bon me sortir de ma douce rêverie, tout en tendresse

- Bon, le Teddy, si on te fait chier avec nos histoires, faut le dire, t'es encore avec nous ? ...

Sauvé par le gong, telle est l'expression. A ce moment précis on entend le bruit d'une voiture. Fait suffisamment rare dans le secteur pour qu'Augustin change de direction et se dirige instinctivement, toujours le carafon à la main, vers l'entrée. Reconnaissant le véhicule, il lance vers Jack et moi

- Sabine ! Et bien il ne manquait plus qu'elle .

Ah ! Sabine de Gargan, la ci-devante comme on adorait la surnommer. Pas revue depuis belle lurette non plus et surtout pas depuis qu'elle partage *temporairement* la vie d'Augustin. Enfin, un peu distant le partage, car elle réside en ville, pendant que lui se complait en ermite du haut Ariège, entre deux expéditions cyclistes. Car il s'est récemment mis au vélo, ce qui est un joli challenge quand on habite en pleine montagne. En tout cas, ils ne sont pas très souvent ensemble. C'est ce que j'ai compris de leur fonctionnement.

- C'est donc ça, un rendez vous d'anciens combattants ? Vous n'espériez tout de même pas vous en tirer comme ça ? ...
- J'ai toujours aimé tes entrées en matières, lance Jack en rigolant à sa manière, c'est à dire lourdement.

Augustin nous avait prévenu de son passage probable, toutefois prévu pour le lendemain. Mais semble t'il, il y a urgence. Passé le temps des courtes effusions de retrouvailles, Sabine reste très tendue et nous en explique la raison. Elle protège un migrant clandestin et cherche de l'aide.

- Ecoutez ! Il faut trouver une solution pour le sortir de là. Les contrôles de police sont très ciblés, gouvernement de gauche ou pas, c'est le faciès qui compte. Il va finir par se faire prendre !
- **Ah tu vois Jack ?** Ose Augustin, en le regrettant aussitôt car Sabine le fusille du regard
- **Mais on s'en fout que ce soit pire en France ou en Espagne ! Ce mec il va se faire expulser !**

La soirée change de ton quand Sabine nous détaille l'histoire d'un de ses *jeunes* voisins - la quarantaine récente quand même - d'origine Ethiopienne, Dinaw est arrivé clandestinement en France. Au terme d'un voyage de plus de deux mois, il a échoué dans la région de Toulouse et vit chez une vague connaissance. Juste à coté de chez Sabine.

- Je l'ai rencontré au centre social du quartier. Son histoire est dingue. Très éduqué, il se bat depuis vingt ans pour faire vivre son village dans la région du Tigré en Ethiopie. Entre les révolutions, les guerres et tout le reste, il a fini par gêner un peu tout le monde et, désespéré, il a tenté le *passage* vers l'Angleterre.
- Mais qu'est ce que tu veux qu'on fasse ! je suppose que tu as essayé tous tes contacts !
- Oh que oui, mais voilà, il n'est pas Syrien, ni Irakien, ni même Erytréen, aucun espoir pour le droit d'asile. S'il se fait choper, c'est le renvoi immédiat chez lui et sans doute sa disparition pure et simple. Il est trop marqué localement.

Le lendemain matin, Jack et Agustin partent à la gare. Un mystérieux paquet à récupérer ont ils dit. Je reste avec une Sabine encore plus déterminée que la veille et qui rumine son impuissance.

**- Merde et re-merde ! Faut lui trouver un moyen de rejoindre l'Angleterre, des membres de sa famille y sont déjà.
- Tu veux vraiment qu'il se retrouve à pourrir dans un camp à Calais ?**

Le retour en fin de matinée de Jack et Augustin ne peut pas passer inaperçu. Les cyclistes ne sont déjà pas légion sur ces routes de montagnes en cette saison. Les *grimpeurs* viennent surtout s'y entraîner au début du printemps. Et il y a ces deux grimpeurs là, une drôle de paire que l'on voit cheminer lentement ... mais sûrement, sur la petite route qui monte en lacet jusqu'au refuge. Augustin, du haut de ses soixante années fait bonne figure sur sa belle bicyclette de course. Il pédale doucement au coté de Jack, debout sur un engin un peu particulier. Cela ressemble à une de ces machines d'exercices que l'on trouve dans les salles de sport pour effectuer une marche lente et en dosant son effort. Sauf que là, un mécanisme entraîne vers l'avant cette espèce de trottinette géante. Le plus étrange serait presque que cela avance plutôt vite. Sans parler de propulsion, il y a un écart surprenant entre la lenteur du mouvement du *pédaleur* et l'avancée de l'engin. A peine arrivés au refuge, Jack nous lance

- Dis moi Sabine, ton Ethiopien, il cause anglais comment ?
...

***
*

Chapitre trois

Tirez donc les premiers

Village de Boussenac, 4 Aout 2015

- **Mais comment diable tenir en équilibre la-dessus ?**

    Mon premier contact avec l'engin est un peu terrifiant, mais je parviens malgré tout à faire s'ébranler le Gletilipo. C'est le curieux nom de la machine à pédale, le vélo elliptique, rapportée par Jack. Finalement, je réussis même à le pratiquer dans le sens de la montée. Pendant que je continue à progresser en m'entrant sur la terrasse du domaine, j'entends Augustin et Jack expliquer encore et encore le plan qu'ils ont échafaudé. D'abord incrédule, Sabine semble ébranlée par l'audace pourtant simpliste du *plan*.

- **Ecoute Sabine, cette randonnée je l'ai préparée avec mon club British dans le moindre détail. J'en connais tous les petits secrets. Je suis convaincu que si ton Dinaw s'exerce avec moi une bonne semaine à manier l'engin, le reste sera une question d'endurance et de volonté. Et en plus, Augustin sera dans la randonnée en back up.**

    Augustin, tout sourire, se tourne vers moi pendant que Jack garde la parole en me fixant,

- **Toi Teddy, il faudra que tu assures la logistique. Ca compte la logistique pour ce truc de fou. Pour le reste, tout sera l'affaire du groupe de randonneurs. Bon je vous laisse, je dois appeler ma fille. Et là, je sens que ça va tousser un peu …**

Tout en descendant de l'engin maintenant *maîtrisé*, j'en reste un peu pantois. Je ne me savais pas prévu au programme, mais au final j'en suis ravi … et même flatté. Alors que Jack s'éloigne, je me retrouve face à un Augustin toujours aussi content de lui et à une Sabine perplexe. Pas pour longtemps.

- **Augustin ! c'est absurde, il faut s'entraîner pour cette course ! Vous auriez du vous voir tous les deux après que vous ayez fait votre *600 kilomètres non-stop* pour l'accréditation ! Comment voulez vous qu'un novice parvienne à faire le double sans préparation ?**
- ***Petit cul, grosses cuisses* ! c'est tout ce qu'on demande à un cycliste Sabine ! Si ton Dinaw a pu traverser l'Afrique et la Méditerranée pour arriver jusqu'ici …**

Un peu plus tard, Jack réapparait, semble t'il satisfait de sa longue conversation avec sa fille. Le large sourire qu'il arbore en témoignerait même, quoiqu'avec lui … Personne n'ose ne lui en demander le détail, connaissant la nature compliquée des rapports que Jack entretient avec sa tribu et sa fille en particulier. Il n'attend d'ailleurs pas pour nous lancer dans l'action

- **Bon ! On a pas mal de réglages à faire sur l'engin. Mes petits camarades de Londres ont bien travaillé. Mais les Gletilipos, il faut les adapter à la longue randonnée. Les poignées, c'est ça le point critique. Helena m'a tout expliqué. Augustin je compte sur ton aide, on fera ça demain … allez, Teddy toi aussi, mais à condition que tu ne touches à rien d'accord ?**
- **…**

*

Sabine a fait un aller retour jusqu'à Toulouse et ramené son protégé à la ferme refuge. Pas de période d'adaptation vraiment pour Dinaw. La dizaine de jours qui suit lui réserve de longs et pénibles entraînements avec Jack ou Augustin. Mais chaque journée s'achève sur une séance d'explications joyeuses, autour du repas que je prépare aux athlètes en puissance. Sabine a du vite repartir travailler en ville. Dinaw a certes perdu sa seule référence locale mais semble plutôt satisfait de se retrouver *entre hommes*. Il ne leur avouera pas tout de suite, cette nouvelle aventure le dépasse, mais il en a vu tellement depuis deux mois … La simple bienveillance ambiante lui ferait même presqu'oublier une certaine douleur aux articulations qui s'installe, tenace …

- **Au moins il n'y a pas de selle, tu as de la chance,** finira par lui dire un Augustin qui se veut rassurant.

*

Paris 7 ieme arrondissement, 15 Août 2015

    Une sorte de veillée d'arme. Voilà l'atmosphère qui règne dans le double decker bus des *Anglais*. Ils sont une trentaine au total. Peu de femmes, trois en plus d'Helena. Moyenne d'âge très PBP, la quarantaine. A quelques jolies exceptions prés, ce genre de randonnées attire surtout les *routiers* et moins les adeptes de l'effort bref et violent. Cela élimine pas mal de jeunes amateurs très doués mais au final moins résistants.

- **On fait dans la maturité,** me précisent Augustin, approuvé par Jack en souriant. Ils se savent faire partie des plus agés …

    Les passagers du bus sont pour la plus part originaires de Londres et de la Cornouaille. Il y a aussi quelques Ecossais. Très à l'aise sous la pluie, comme ils aiment à le répéter. Il faut admettre que la perspective de peut être passer trois jours et deux nuits sur un engin à pédale et sous des trombes d'eau inquiète un peu lorsque on se prépare pour le Paris Brest Paris … Mais ça, c'est uniquement pour les mauvaises langues. Il est bien connu qu'il fait beau en Bretagne et ce plusieurs fois par jour. Et par chance la prévision météo est rassurante pour les jours qui viennent. Le bus, avec ses voyageurs tous gonflés à bloc, a quitté Londres ce matin très tôt puis traversé le *channel* par Newhaven non loin de Brighton. Pas que le double decker soit trop haut pour le tunnel de Calais, mais trop d'événements récents ont avivé la crainte d'y être retardé et de manquer le départ du PBP: les grévistes français qui bloquent le tunnel de temps à autres et les migrants qui essaient de s'y faufiler font la une en Grande Bretagne. On passerait donc ailleurs, le Paris-Brest-Paris ne peut pas attendre.

    L'arrivée à Paris en début d'après midi a permis de faire un peu de tourisme. En fait une traversée de la ville, genre *city bus,* en

mode privé. Une superbe photo barrée d'un énorme Gletilipo en caractères rouge sur chaque coté du bus ne semble pas attirer le regard du parisien blasé. En revanche, une petite démonstration des vélos elliptiques sur le champ de Mars a son petit succès, notamment auprès des enfants très attirés par ces drôles d'engin à pédales.
…

- 17h15 C'est notre heure de départ, clame le grand costaud assis à coté du chauffeur. Nous serons dans la seconde vague de départ. Quasi les premiers à partir donc, juste derrière les *pressés.*

Tout le monde le sait bien à l'intérieur du bus, mais cela rassure toujours de savoir que quelqu'un est aux commandes. Helena écoute distraitement et se demande encore pourquoi elle n'a pas rembarré son père lorsqu'il l'a appelée il y a deux semaines de cela, **Comme s'il ne suffit pas de se faire mal au cul pendant trois jours, il a fallu qu'il en rajoute …** se dit elle
…

- … N'oubliez pas. *Ils* **sont très fiers de leur nouveau vélodrome, alors si vous voulez vous faire des copains chez les** *mangeurs de grenouilles*, **ne critiquez pas trop le joyeux bazar que vous allez y voir.**
- Un peu sévère le chef tu ne trouves pas ? Reprend le voisin d'Helena, un des rares *jeunes* du bus et il continue
- On verra quand tout ce beau monde sera en selle, *froggy* **ou pas faudra bien pédaler. L'heure ne sera plus aux beaux discours.**
Helena lui répond par un sourire, mais ses pensées sont ailleurs. Se retournant, elle croise le regard lointain de son père. Vraiment, dans quelle histoire l'a t il fourrée.

Jack a quitté les Pyrénées pour Paris en train avec son Gletilipo. Il a rejoint la joyeuse bande lors de l'arrêt du bus prés de la tour Eiffel. Cela avait été convenu lorsqu'il avait quitté l'Angleterre avant l'été. Point d'effusion lors des retrouvailles avec l'équipe - entre britanniques, cela ne se fait pas - en revanche, un lourd regard d'Helena qui l'avait fraîchement accueilli. Une fois la démonstration des Gletilipos terminée et avant de remonter dans le bus, Jack réunit les londoniens à part dans une brasserie de l'avenue Suffren. C'est leur dernier moment de détente avant le départ pour le vélodrome de Saint Quentin en Yvelines. Une fois toute la petite bande servie, il se lève pour prendre la parole et lance solennellement

- **Les amis, je ne vais pas pouvoir faire le PBP avec vous. Au départ, je vais passer mon Gletilipo à quelqu'un que je vais vous présenter. Il s'appelle Dinaw et vient d'Ethiopie. Je vous demande de l'appeler Jack. Je vous suivrai en accompagnateur. Bonne randonnée !**

Puis, se rasseyant, il reprend son sourire habituel. Il sait bien qu'il n'y a pas beaucoup de temps pour causer, chacun est déjà dans sa petite bulle en vue de l'épreuve. Il croise quelques regards interrogateurs et d'autres qui fixent sa fille Helena. On a l'habitude des excentricités de Jack au club Gletilipo, même si on espèrerait au moins une explication de la part de sa fille Helena, de réputation plus *raisonnable*. Son silence, semble t'il complice, est il déterminant ? En tout cas, personne ne prend la parole. Tout le monde finit son *drink* et sans plus de civilités se prépare à quitter la brasserie.

Le jeune cycliste qui a voyagé à coté d'Helena, Paul Kaputnick, c'est son nom, n'a jamais apprécié *cette grande gueule* d'Américain. Par convenance envers Helena, il s'abstient de tout commentaire, mais cette fois encore il trouve l'individu exécrable après cette cette annonce vraiment déplacée et surtout restée sans autres explications. Jack d'un pas rapide est sorti le premier. Dinaw se tient sur le trottoir devant la brasserie, mal à l'aise, on le serait à moins. Il porte la tenue de cycliste colorée qu'Augustin lui a remis le matin même. Il s'est remémoré ses cours d'Anglais au village, il y a bien des années, lorsque de jeunes volontaires américains apprenaient aux élèves à se présenter. Il s'évertue à répondre comme il faut à chaque "hello" simplement poli des membres de l'équipe qui défilent devant lui. Il s'exécute avec le meilleur accent possible. Un vrai rite de passage, ne peut il pas s'empêcher de penser …

    Jack et les autres ont fini par convaincre Dinaw de suivre leur *plan,* mais toute cette histoire le déroute de plus en plus. Au fur et mesure que les "Gletilipo guys" lui sont présentés par Jack, son malaise augmente. Helena est la dernière à sortir, juste après Paul et son *hello* glacial. Elle s'arrête devant Dinaw et attend un peu avant de lui dire,

    - Je n'aime pas cette idée folle de mon père. Mais les dés sont jetés et on va se le faire ensemble ce *"pibipi"*, crois moi !

    Dinaw ne sait pas trop s'il doit être soulagé par cette brève déclaration ou simplement rassuré. **Après tout, si une femme le fait** … Puis il se ravise. Il a appris à remettre en cause certains stéréotypes sexistes , mais il lui faut toujours un peu de temps. En tout cas, avec Augustin cela fait maintenant deux personnes à priori non hostiles. On en est a ce type de décompte, lorsqu'on vit ce qu'il vit depuis son départ d'Ethiopie. Pendant que ces pensées le traversent, il parvient à lancer un **merci** qu'Helena n'entend pas, déjà en quête de son engin pour le rentrer dans l'immense coffre du bus.

*

Paul Kaputnick*, trente ans, a rejoint le groupe Gletilipo deux ans auparavant, *"pour vivre sainement grâce au sport"*. Célibataire et fier de l'être, il mène pourtant une vie bien sage et rangée à Londres. Il travaille à Scotland Yard, comme son père Robert* avant lui. Un clivage familial profond existe avec un autre Kaputnick, Roger, celui là même du magazine satirique "mad". Toute sa jeunesse, Paul a entendu glorifier l'humour de ce magazine créé dans les années cinquante et toujours en parution. Mais voilà, cet humour ne l'a jamais fait rire. En fait, c'est la mentalité même de cette génération de baby boomers qu'il exècre. Au moins son père s'était éloigné de son illuminé de frère. D'ailleurs, comme chaque semaine Paul l'appellera. Juste un rapide coup de téléphone, plus qu'une simple routine attentionnée, un réel besoin de partager régulièrement son quotidien. Et ce soir, il a bien envie de lui parler de ce foutu lâcheur de Jack Lewis.

***
*

Chapitre quatre

Pédale mon frère !

16 Août - Saint Quentin en Yvelines,

Le *double decker bus* s'est garé dans l'avenue qui mène au vélodrome de Saint Quentin en Yvelines. Les équipes descendent du bus et sortent leurs cycles des coffres. Certes, ils ne découvrent pas vraiment le vélodrome car il avait fallu y passer la veille et montrer patte blanche. Histoire d'y contrôler au moins une fois les participants et surtout les caractéristiques de leurs engins. Dans le cas des Londoniens, chaque *Gletilipo* a été ausculté avec soin par les commissaires. Un numéro fut apposé sur l'engin et chaque participant s'est vu remettre le livret sur lequel le randonneur doit se faire tamponner lors de chaque contrôle. Jack s'est présenté au contrôle avec son engin avant de ressortir du vélodrome et de le remettre discrètement à Dinaw avec son livret. J'ai dû de mon coté faire identifier le véhicule d'Augustin que je vais conduire pour assurer la logistique. Une affichette numérotée est collée sur le pare-brise afin de faciliter l'accès aux étapes et aussi pour faire respecter un interdit très rigoureux ; aucun véhicule accompagnateur n'est autorisé sur le parcours même des randonneurs. Tout véhicule repéré sur ce trajet provoque l'élimination du randonneur accompagné. Ça ne plaisante pas sur le PBP.

- **Stricte, très stricte organisation**, avait prévenu Jack. On peut comprendre, il y aura 6000 cyclistes sur des routes ouvertes, de nuit comme de jour. Autant limiter le trafic et éviter les proximités entre randonneurs et véhicule de soutien, sans parler des petits *coups de pouce* toujours possibles et bien tentants …

Au reste, une cinquantaine de motards sont dédiés à la randonnée et circulent en permanence pour faire respecter le règlement

- Un sacré *bazar bien foutu* tout ça, non ? C'est Augustin qui arrive en roue libre et se plante devant les membres de l'équipe Gletilipo. A première vue Dinaw ne dénote pas trop dans le paysage. De fait, il semblerait même partager l'excitation montante. Le départ est prévu dans moins d'une heure. C'est Helena qui lui répond, sur un ton un peu ironique
- Ah voilà le frenchy ! Mais oui, mais oui, tout est est super, bravo, bravo les mangeurs de grenouilles …
- Hey Augustin, rendez vous à Brest ! Lance un autre équipier qui a reconnu l'ami de Jack déjà passé par Londres dans le passé
- Oh mais je vais vous coller au train mes amis ! Vos machines sont trop belles, je ne vous lâche plus ! Et il s'éloigne en riant.

La vague de départ d'Augustin est prévue une demi-heure plus tard. Il va pouvoir assister au départ des *bizarres* juste après *les pressés*. La première vague comprend effectivement les *pressés*. Ces trois cents premiers randonneurs à partir sont bien décidés à terminer la boucle en moins de soixante-dix heures voire beaucoup moins et ils s'élancent déjà en pleine vitesse. Pendant ce temps les *bizarres* se positionnent sur l'aire de départ. Effectivement, toute sortes d'engins s'y côtoient, tous néanmoins ont du être homologués par les commissaires de la randonnée. Avec les Gletilipos, il y a aussi un paquet de tandems et même un vélo pour trois cyclistes. En nombre, ce sont les vélos couchés qui dominent. Et enfin il y a les versions carénées de ces vélos que l'on pratique allongé sur le dos, une douzaine, aux profilages très soignés, peints de couleurs vives. Des allures de bolides, vérifiées à ce qu'il paraît … surtout dans les descentes.

La montée d'adrénaline, des étoiles plein les yeux, un dernier *visage-sourire-banane* aux partenaires et … c'est parti. Les *bizarres* s'élancent à leur tour. Trois cents randonneurs *dans leurs drôles d'engin*, pense Augustin en se remémorant ce vieux film. Dinaw n'est pas le dernier à savourer l'instant. Jack et Augustin l'ont briefé et rebriefé sur la randonnée, l'état d'esprit des randonneurs et comment tout évolue au fil des heures qui s'égrèneront lentement, très lentement sur les routes d'Ile de France puis de Normandie et enfin de Bretagne, dans les deux sens. La première nuit qui va conditionner tout le reste, la seconde avec la fatigue accumulée et l'approche de la troisième, le moment ou l'on ne peut, l'on ne veut plus abandonner … avec pourtant un corps endolori prêt à lâcher qui ne répond plus très bien.

Les randonneurs sont très applaudis par une petite foule qui s'agglutine autour d'un large rond point à la sortie du vélodrome. La cohorte des randonneurs s'ébranle doucement. Ceux ci, tout sourire essaient de reconnaître au passage le parent ou l'ami venu l'encourager et pour beaucoup le retrouver lors des étapes à venir. Jack est dans la foule, il cherche sa fille parmi les cyclistes qui quittent le rond point pour s'élancer vers la sortie de la ville. Elle l'aperçoit en premier et leurs regards se croisent. Il lui avait promis depuis longtemps cette randonnée ensemble et maintenant non seulement il la laisse tomber, mais en plus il lui colle un coéquipier à coacher … sans parler du reste.

- Jack, vraiment tu déconnes, finit il par se dire, tout en faisant un grand signe à Helena.

Je le retrouve dans cet état d'esprit. Avant de le rejoindre, j'ai attendu le passage d'Augustin, maintenant lui aussi envolé sur son vélo de compétition.

- **Il est plus classique l'Augustin et il s'est payé un bel engin !** Me dit Jack sans se retourner vers moi. Il cache mal son émotion doublée de l'amertume de ne pas en être et encore moins son inquiétude. Le tout avec un zeste de culpabilité. Joli cocktail pour mon vieil ami. Je feins pourtant d'ignorer ses états d'âmes et le bouscule gentiment

- **Faut y aller Jack, on a pas trop de temps pour sortir de la région parisienne et rejoindre le prochain point de contrôle. Rappelle toi, les accompagnateurs ne peuvent pas prendre la même route que les randonneurs. Il va falloir les retrouver et de plus à l'endroit où ces pédaleurs fous décideront de s'arrêter pour faire une pause …**

….

17 Août - Fougères

    Cela sera donc Fougères. Un message envoyé par Helena nous indique que l'équipe ne s'attarde pas au premier contrôle en Ile de France et préfère continuer jusqu'aux portes de la Bretagne. Nous arrivons de nuit. Peu de gens dans la rue à 2h du matin … Enfin à la notable exception prés des nombreux *guides*. Les fameux *bénévoles à la veste jaune fluo* que l'on verra partout durant le PBP. Augustin nous avait prévenu, il n'y en a pas loin de trois mille que l'on rencontre à l'occasion de chaque étape du parcours. Des *locaux* de tout âge, très motivés et experts à canaliser les acteurs de ce joyeux bazar organisé. Nous n'avons pas de mal à repérer le double decker bus. Jack contemple amusé le bus et les accompagnateurs des équipes anglaises.

    - On est fortiche chez les British non ? Regarde comme ils se sont bien placés et déjà parés pour réceptionner nos poulains, juste à côté du poste de contrôle. Pas de perte de temps ! J'acquiesce en nous garant à proximité, en tout cas pour cette fois ci. Jack reste à mes cotés. Commence alors une bonne heure d'attente. Un ballet incessant de randonneurs qui arrivent, descendent de leurs cycles et vont d'un pas lent et hésitant montrer patte blanche au contrôle. Il s'agit simplement de s'y faire tamponner le livret de route que chaque randonneur doit porter sur lui. Un simple petit carnet, précieusement gardé par chacun. Juste le nom et une feuille par contrôle, pas même une photo.

    Je reste de nouveau surpris par la moyenne d âge relativement élevée côté hommes, moindre semble t'il chez les femmes. Beaucoup de nationalités également. Le passe temps favori consiste à se faire une idée du pays d'origine du randonneur lors de son approche, avant de pouvoir valider son hypothèse grâce au petit écusson à peine visible apposé sur le cycle. Si la plupart des randonneurs s'arrêtent pour se restaurer, il y en a quelques uns pour vouloir repartir de suite. Ils attrapent au vol un peu de nourriture et une boisson et reprennent la route. Les visages sont déjà défaits par la fatigue de ces douze heures de randonnée accomplies. Mais ils s'illuminent presqu'à chaque fois au moindre applaudissement ou encouragement des spectateurs ou des accompagnateurs qui reconnaissent leur protégé.

Notre équipe Gletilipo arrive groupée, entourée de quelques cyclistes parmi lesquels Augustin.

- C'est bon ça, dit Jack, ils sont restés ensemble, or c'est très difficile dans la durée. Au delà de 3 cyclistes qui tournent ensemble, c'est même une mission quasi impossible. Si ça perdure, tu verras ça va marcher.
- Certes, mais tu as vu les gueules qu'ils font ? Comme je me dirige vers le bus, Helena m'aperçoit tout de suite. Elle semble au bord de l'effondrement physique.
- ... C'était bien parti, en quittant la région parisienne et puis à la nuit tombée, il a commencé à faire vraiment froid. On aurait du manger et se reposer un peu à Mortagne, au lieu de ça on a voulu continuer, rouler, rouler ... Et maintenant, je suis complément épuisée et barbouillée, impossible de manger quoi que ce soit.
Je lui demande des nouvelles de Dinaw
- C'est pareil ! Et toute l'équipe aussi, regardes les ! Regarde nous ! On va devoir dormir un peu, juste une paire d'heures avant de pouvoir repartir, on est trop mal.

Pendant qu'Helena rejoint le bus, Augustin arrive. Il a suivi discrètement les discussions de l'équipe anglaise.

- Faut que je dorme aussi un peu, réveillez moi dans deux heures. En tout cas, la bonne nouvelle c'est que Dinaw est dans le même bain que le reste de l'équipe. Sur ce dernier commentaire, il s'affale dans notre véhicule transformé en couchette et s'endort quasi instantanément.

Deux heures plus tard, une activité soutenue anime les parages du contrôle. Il y a toujours le flux ininterrompu des arrivants, plus ou moins abimés par la première nuit finissante passée à pédaler. Et aussi les partants. Les plus organisés ont bénéficié d'un lit de camp de fortune ou d'un matelas dans la voiture de leur accompagnateur, d'autres se sont contentés d'un coin de table dans la cantine du lycée qui fait office de logis étape. Certains ont même gardé le casque *histoire de ne pas perdre de temps* ou alors ils ne le sentent plus…
Les deux heures sont passées … Je réveille Augustin qui s'ébroue avec lenteur et clame solennellement en se grattant le visage.

- Le PBP c'est une course qu'on finit barbu, enfin les mecs surtout, ou alors pas du tout.

Du côté du bus, on peut voir pareillement les corps s'étirer et les préparatifs du prochain départ. Le temps d'avaler quelques chose de chaud, puis c'est la remise en selle pour certains et la montée sur les pédales pour les Gletilipos. Visiblement les estomacs ont souffert, personne ne se rue sur ce qui leur a été préparé.

- Dinaw, il te faut manger un peu, insiste Helena
- Difficile, trop difficile, rien ne reste
Augustin, déjà prêt pour le départ, s'approche du groupe,
- Bon ! je vais être un peu imagé et je vous prie de m'en excuser. Quand le bide vous lâche, c'est la merde ! Faut pas se battre. Attendez simplement que l'appétit revienne !
Et sur ce joli conseil, il enfourche sa bicyclette et s'éloigne. Bientôt suivi de l'équipe Gletilipo au complet et bien d'accord avec cet avis. Un vrai leader cet Augustin …

18 Août - Tinténiac, Loudeac, Carhaix ...

Augustin n'avait pas tort. Passé le choc de la première nuit, les randonneurs - enfin ceux et celles qui n'ont pas abandonné - prennent leur rythme. D'étape en étape, ils progressent devant une petite foule qui se presse tout le long du parcours. Cela va du couple de personnes âgées qui s'est installé devant leur maison avec une petite table de camping couverte de boissons et de sucreries *pour les coureurs qui s'arrêteraient*, à la petite bande de jeunes gens désœuvrés qui profitent de l'occasion pour s'extraire de la routine. De nombreux villages et petites villes traversées arborent les drapeaux bretons - bien sûr - mais aussi des banderoles portant des messages d'encouragement et des slogans flatteurs pour la petite reine et ses inconditionnels. On peut voir accrochés sur les murs un peu de tout, des reliques de bicyclettes anciennes, des maillots et casquettes sans doute récupérés d'un tour de France passé et bien d'autres babioles dans le genre. De quoi faire sourire les randonneurs, pas peu fiers d'être ainsi accueillis.

Nous arrivons, Jack et moi aux abords du contrôle situé dans le collège de la ville de Tinteniac. Nous n'avons pas revu nos randonneurs depuis pas mal de temps maintenant. Jack, toujours un peu jaloux regarde les cyclistes arriver un par un. Il n'y a plus d'arrivée en équipe, plutôt un fil presqu'ininterrompu de silhouettes qui progressent lentement sur la route. Chacun reste dans sa bulle. Les nationalités semblent encore un peu regroupées. On perçoit le léger soulagement sur le visage du randonneur à la vue du contrôle. *Un de plus de passé voilà tout*, voilà sans doute la pensée dominante.

- **24 heures de vélo, quasi non stop, depuis le départ ... Crois moi, là maintenant, ça passe ou ça casse, on va voir d'ici demain qui va sans doute finir l'affaire, ou pas. La**

première nuit s'est terminée à gerber et pour la seconde on serait plutôt dans le transit intestinal. Oui je sais, c'est pas très poétique tout cela ... mais regarde, ils ont le potentiel. Y compris Helena et Dinaw.

J'écoute distraitement le commentaire expert de Jack. Il y a beaucoup à regarder dans cette petite foule qui acclame les randonneurs. Une vraie galerie de portraits. A se demander si l'office du tourisme local n'a pas convoqué des échantillons représentatifs de la population locale. Toutes les générations sont représentées. On est venu aussi en famille. Je passe devant une brochette de retraités, assis sur les pas de porte. Ils observent et commentent. Le ton est un brin ironique, envieux souvent, admiratif toujours.

**- Regarde moi ceux la, m'ont pas l'air en forme !
- Tu me fais rire, je ne te vois même pas faire la route jusqu'à Loudéac !
- Oh la ! Regarde moi ces engins, ils sont debout pour pédaler !**
...

J'aperçois en même temps qu'eux l'arrivée des Gletilipos parmi lesquels Helena et Dinaw, tous sont à la peine. La clameur suscitée par leur arrivée est pourtant de courte durée, car au même moment les *pressés* sont déjà de retour de Brest et passent dans l'autre sens vers Paris. Ils sont à peine mieux acclamés. Visiblement, ce n'est pas le tour de France. Ce ne sont pas les échappées que l'on vient voir, mais plutôt tous ces visages anonymes et tendus dans l'effort, ces corps fatigués qui s'obstinent. Avec un rien de voyeurisme aussi quand même. Pendant que Jack rejoint le bus, je reste avec Augustin qui vient d'arriver.

- Un véritable *Ange Gardien* ! Tu ne les quittes plus ?

- En fait Teddy je suis plutôt content, ils avancent moins vite que les cyclistes ... puis après un silence récupérateur **Bon, le Dinaw, il est complètement dans le coup. Coté British on l'a toujours au coin de l'oeil, mais il tient bon, alors que deux membres de l'équipe ont flanché et abandonné à Loudéac.**

Dinaw semble effectivement être plus à l'aise maintenant parmi les randonneurs. Même s'il participe encore avec réserve aux discussions lors des pauses. Toutefois sa culture l'empêche d'être aussi familier que les autres hommes du club avec les coéquipières. Que l'on soit chrétien ou musulman en Ethiopie, cela ne se fait tout simplement pas. Il en est chagriné car il a conscience de se montrer bien distant, envers Helena notamment. Il la sait sa seule complice. Alors il se contente du minimum d'échange et lui sourit humblement à chaque fois qu'elle le questionne lors des étapes.

18 Août, Londres

    Robert Kaputnick n'aime pas son prénom, trop proche de celui de son frère Roger. Même pas un jumeau celui là, juste un grand frère, un être encombrant et trop connu du monde des *comics* américains. Robert n'a jamais aimé ces magazines et encore moins celui porté par son frère, le célèbre mensuel *Mad.* Tout l'éloigne de cette culture de la dérision, du canular gratuit et souvent de mauvais goût. Lui, Robert, ancien agent de la section *Analyse et prospective* de Scotland yard, spécialisée dans la lutte antisubversive.

    Robert n'aime pas grand chose d'ailleurs, enfoncé dans sa solitude depuis le décès de sa compagne, juste après sa mise en retraite. Il est juste très fier de son fils Paul un *intellectuel et sportif* qui de plus fait aussi carrière dans l'agence qu'il connait si bien. Paul s'est rapproché de son père depuis son récent veuvage. Il lui raconte sa vie de tous les jours, tel ce club Gletilipo, où il pédale sur de drôles d'engins. Il lui décrit ses membres et leurs projets tel ce PBP. Robert l'écoute alors avec passion et (re)vit un peu, à travers ce fils décidément bien intentionné. Il a très envie de lui faire plaisir. Lors de son dernier appel hebdomadaire depuis Paris, il a senti l'animosité de Paul envers ce Jack Lewis, l' *Américain beau parleur*. Et il s'est mis en tête d'enquêter sur lui. Depuis deux jours, il fait des recherches sur internet et il parcourt ses fichiers. A son départ en retraite, il s'était autorisé à garder des copies de ses nombreux travaux de recherche sur tout un tas de gens identifiés pour une raison ou une autre depuis les années soixante. Une bonne occasion de s'en servir …

    - Qui est donc ce Jack Lewis, que fait il ? Qu'a t il fait dans sa jeunesse aux Etats Unis ...

D'avantage de questions que de réponses. Peu de traces et ce *blanc* inhabituel sur un citoyen naturalisé l'intrigue. Ceci est réfléchi sans la moindre pointe d'humour, car le dit Jack Lewis est afro-américain. Mais c'est normal, il n'est pas Roger mais Robert Kaputnick.

- Je vais devoir demander un coup de main à mes anciens collègues

Robert n'habite pas loin de son ancien bureau et il décide de s'y rendre immédiatement.

*

- Alors Kaputnick, on rempile, on enquête sur le passé ? Ses deux anciens collègues l'accueillent avec sympathie, comme un vieil ami de famille. Pas convaincus de l'intérêt de sa recherche entêtée sur cet américain naturalisé il y a prés de trente ans, mais bon, cela détendrait un peu …

…
- Oui je sais, de nos jours on traque plutôt le djihadiste plus ou moins repenti n'est ce pas?
- **Ah que oui ! Mais laisse nous quelques jours, tu le sais, l'ère pré-internet est plus difficile à explorer, c'est promis on active la fiche de ce Jack Lewis et on te fait signe.**

***
*

Chapitre cinq

Le retour

Bretagne, 19 Août

L'accès au lycée de Brest est quasi désert. Les randonneurs continuent à arriver, seuls ou par petits paquets de deux ou trois cyclistes. Ils croisent ceux qui repartent en silence. Il y a cette connivence partagée *"on a fait la moitié, ça y est on est prés du but ... enfin presque "*. Peu de spectateurs à cette étape. Est ce le lieu, plutôt glacial, cette architecture post 1945 de Brest ? Où tout simplement l'heure trop matinale, la brume désormais bien présente et ce, depuis le départ de Carhaix.

Le pli est pris maintenant. Presqu'une routine. On accueille le randonneur, on l'écoute, lui donne à manger ce qu'il pense pouvoir avaler. Puis on l'encourage à dormir et lorsqu'il l'accepte, on l'installe pour une ou deux heures ...

- Moi, je crois qu'on continue à pédaler dans la tête en dormant, me glisse Jack. De fait, j'observe le réveil du randonneur, qui est assez surprenant. Une fois les yeux ouverts, c'est un peu comme si la conversation en cours juste avant de s'endormir, reprenait exactement là ou elle s'est arrêtée avant le sommeil. Il est toujours dans *sa* course et sur le qui vive, à vérifier son éclairage, la nourriture de secours, les gourdes ...

En cette dernière nuit, La longue procession des randonneurs reprend, tel un long serpentin de petites lumières isolées ou par deux ou trois. Les randonneurs se retrouvent réunis par affinité ou par le simple hasard de la route. Les Gletilipo se sont eux mêmes un peu dispersés.

Dinaw a fini par trouver son rythme, il souffre comme tout un chacun, mais un peu comme lorsqu'il devait faire ses longues marches pour joindre la ville la plus proche à trente kilomètres de son village natal. Depuis le dernier contrôle, Dinaw s'est retrouvé au coté de Paul Kaputnick. Cela fait plusieurs heures qu'ils pédalent ensemble lorsque celui ci semble s'endormir en roulant. Ce sont en fait des micros sommeils. Augustin l'avait averti avec insistance sur ce danger.

- Faut s'arrêter tout de suite, si tu ne veux pas finir sous les roues d'un camion !

Ce ferme conseil avait alors fait replonger Dinaw dans un épisode récent et douloureux de son long trajet africain. Entassé avec plus de vingt autres migrants sur le toit d'un vieil autobus, il avait dû passer une nuit entière à se cramponner pour ne pas tomber sur la route. Il avait pu tenir grâce à son voisin qui lui anonnait dans l'oreille des histoires anciennes éthiopiennes. Tellement ennuyeuses, s'était il rappelé, mais très efficaces pour le tenir éveillé …

Dinaw ne sait pas trop comment aborder son coéquipier sans le brusquer. Mais il voit maintenant Paul Kaputnick zigzaguer un peu, puis de plus en plus et enfin se tasser légèrement sur son engin. Sans plus attendre, il approche son Gletilipo de celui de Paul et se met à chantonner *Lucy in the sky* …. Il a appris cette chanson avec la professeur *Peace corps* qui vivait dans son village lorsqu'il était enfant. Pourquoi cette chanson ? Aucune idée, mais le visage de cette jeune volontaire américaine, une jolie rousse, lui revient à l'esprit et il reprend avec plus d'entrain le refrain … Paul ne réagit pas de suite, mais visiblement il a entendu. Son corps se redresse d'un coup. Oui, cette voix qui l'a sorti à temps de son endormissement vient bien de ce curieux partenaire, randonneur imposé par Jack Lewis. Il l'avait trouvé plutôt taciturne depuis le début de la randonnée et n'avait pas vraiment eu l'occasion de le côtoyer. Il comprend maintenant que ce dernier n'est peut être pas un vrai fan des beetles, mais qu'il cherche un moyen de le réveiller, sans le lui dire.

- Merci, j'étais en train de faire une grosse connerie. Faut que je m'arrête dormir.
- Et moi, vaudrait mieux que je prenne des cours de chant non ?
- Oui, je te le confirme.

Les deux partenaires s'arrêtent alors, mettent une alarme sur leur portable et sans un mot de plus s'effondrent sur le bas côté pour y dormir un peu.

*

La randonnée continue. Les petites villes traversées à l'aller revoient passer la cohorte fatiguée. Les randonneurs se concentrent dans l'effort. Parfois, les machines finissent par lâcher. Tel ce vélo couché dont le propriétaire s'évertue à réparer le pédalier. Il finit par déclarer forfait devant les spectateurs compatissants rassemblés autour du superbe engin caréné. Puis c'est enfin le dernier point de contrôle, situé à Dreux *juste avant* l'arrivée au vélodrome quelques quatre-vingt kilomètres plus loin …

Saint Quentin en Yveline, 19 Août, fin de matinée

    Maintenant trois jours depuis le départ devant le vélodrome. J'y arrive avec Jack qui a quitté les accompagnateurs de l'équipe Gletilipo à Dreux. Une activité incessante, mais pas vraiment d'effervescence dans l'enceinte du Vélodrome. Les premiers arrivés ont déjà quitté les lieux depuis longtemps. Ils ont fait leur PBP en moins de cinquante heures. L'affaire est pliée. Il n'y a pas eu de remise de trophée. Certes, radio et TV étaient bien présentes mais juste pour le premier arrivé, à dire vrai *revenu,* à peine plus de quarante heures après son départ du vélodrome. Non, aucune cérémonie n'est prévue pour les suivants, juste le pointage d'arrivée qui officialise le temps effectué. Au risque de dépiter un peu l'assistance réunie dans l'enceinte du vélodrome et qui vient acclamer ses héros. Les randonneurs n'ont quant à eux pas l'air déçus. On peut lire sur les visages l'immense soulagement d'être enfin parvenu à destination et dans les temps, *en moins de quatre vingt dix heures …*

    Jack contemple leur arrivée un par un, alors qu'ils pénètrent à pied sur le plateau central par les coulisses en contre bas du vélodrome. Ils ont laissé leurs montures mécaniques à l'extérieur, sur le parking gardé du vélodrome et marchent un peu maladroitement vers la table des contrôleurs de la course pour officialiser leur arrivée.

    - Un peu glauque quand même cette montée des bêtes exténuées, tu ne trouves pas Teddy ?
    - Certes, juste un coup de tampon sur un carnet et voilà, terminé !

De fait, cette absence de chaleur pour accueillir les randonneurs au terme de leur folle aventure surprend. Ils sont arrivé à bon port, c'est tout. Pas de débordement … Les randonneurs semblent pourtant très bien s'en accommoder. Ils et elles sont dans un petit nuage. Chacune des petites bulles individuelles qui a permis de tenir le coup pendant tout ce temps, semble pouvoir enfin fusionner avec ses voisines. Ils et elles sont simplement heureux … que cela soit enfin terminé. Dans le temps imparti.

Les bières partagées finissent par délier les langues. Les lieux communs fusent. Le sportif n'est pas forcément un orateur talentueux, pourtant chaque mot, chaque phrase émise par l'un rencontre l'adhésion béate de tous. J'en reconnais à peine mon Augustin, l'intellectuel de service, qui vient d'arriver et reprend avec entrain toutes les bonnes vannes de cycliste. Et de plus en anglais … Enfin, c'est ce qu'il croit.

Jack est resté à l'écart. Il a longuement parlé avec les accompagnateurs de l'équipe Gletilipo et a pu les convaincre de laisser l'équipe décider du retour en Angleterre en laissant Dinaw prendre sa place, ou pas. Le *secret de polichinelle* est enfin partagé, même si beaucoup avaient deviné la manœuvre de Jack. J'observe les randonneurs Gletilipo quand le responsable du voyage leur rappelle que le départ est prévu pour dans une heure afin de prendre le jour même le ferry à Dieppe pour NewHaven. Lorsque Jack vient féliciter les randonneurs, il leur confirme devoir rester en France quelques temps en leur souhaitant un bon retour à la maison.

- … Ce qui laisse une place pour Dinaw, il prend ma place, je vous demande de continuer à l'appeler Jack, si vous en êtes d'accord bien sûr.

A la différence de sa dernière intervention dans la brasserie à Paris, Jack ne cherche pas à brusquer ses compatriotes, son ton est plus humble. L'espoir sans doute de pouvoir obtenir une *simple connivence passive* de la part de l'équipe. Les randonneurs écoutent Jack. Ils ont bien vu son attachement inchangé à leur aventure, avec ou sans ce Dinaw avatar ... Une fois passée la surprise initiale du forfait de Jack, ils avaient observé l'*intrus*, ce prétendant au PBP, de plus roulant sur une de *leur* machine. Et il avait *tenu*. Même si Paul Kaputnick ne s'était pas appesanti sur l'épisode de l'endormissement partagé avec Dinaw, toute l'équipe l'a su, en bonne connaissance de la réalité du danger mortel évité grâce à lui. La sobre annonce de Jack et sa requête ne surprennent finalement personne. Cette fois encore l'absence de réaction vaut accord tacite; Dinaw allait voyager sous l'identité de Jack, *sauf à vouloir le dénoncer*.

Je savais Jack manipulateur mais je me demande s'il n'est pas lui même manipulé par son propre talent.

- **La prise de parole en public, cela ne s'improvise pas, ça s'apprend et on est toujours surpris de l'effet.** M'avait il dit un jour ...

Deux heures plus tard, le superbe *double decker bus* s'éloigne lentement du vélodrome. C'est Augustin, resté avec Jack et moi qui, très en verve, lance le très attendu **Alea jacta est !**

- **Oui , vraiment, elle est bien cette équipe, je ne sais pas combien de temps ils vont m'en vouloir après ça, mais je les retrouverai avec plaisir,** lâche Jack, à peine ému par sa dernière intervention devant l'équipe. J'ai pourtant du mal à partager l'apparente quiétude ambiante.

Londres 19 Août, matin

Robert Kaputnick est soulagé quoiqu'un peu déçu. Son fils vient de lui envoyer un court message

Bien arrivé, complètement vidé mais heureux de l'avoir fait, départ imminent, je t'appelle dés qu'on débarque

Il est déçu, car il aurait vraiment bien voulu parler avec lui de sa récente discussion avec ses anciens collègues.

Dieppe 19 Août, après midi

L'arrivée au port Ferry de Dieppe est à peine remarquée par les passagers du bus. Au ronflement régulier du bus s'ajoute ceux plus chaotiques et sonores des randonneurs. Le chauffeur et les accompagnateurs ont rassemblé les documents d'identité avec l'espoir de pouvoir négocier un passage en douane rapide sans devoir obliger les héros du jour, exténués et somnolents, à sortir du bus.

Lorsque l'agent britannique finit par accepter de se déplacer jusqu'au bus afin de vérifier les identités, le spectacle des bouches ouvertes de tous ces curieux voyageurs au T shirt *Paris Brest Paris*, finit par le convaincre. Il entre plus en avant dans le bus et s'adresse au responsable des accompagnateurs.

- **Donnez moi les passeports et accompagnez moi, nous vérifierons ensemble.**

Helena, tout autant que les autres, est épuisée mais pas endormie. Elle est assise entre Dinaw et Paul Kaputnick qui eux semblent être en plein sommeil. Elle sourit à l'agent et à l'accompagnateur qui ne s'attardent pas.

Le contrôle est terminé. L'agent descend du bus qui démarre et s'engage sur le Ferry. Dinaw qui en fait ne dormait pas vraiment prend puis serre fortement la main d'Helena et respire profondément.

***
*

Epilogue

Newhaven 19 Août, tard en soirée

Le bus est sorti de la zone portuaire et traverse maintenant la ville en direction de Londres. Dinaw commence à se détendre, bien que sa voisine le sente encore un peu sur ses gardes. Il ne parvient pas à croire qu'il est enfin entré en Angleterre. Il se penche vers elle.

- Helena, je viens de compter, il m'a fallu plus de deux mois, *soixante dix sept jours* exactement, depuis le départ de mon village pour atteindre enfin l'Angleterre. Puis il reprend, en se calant dans son siège
**- Tu sais, je suis surpris d'être *félicité* pour avoir parcouru 1232 kilomètres en soixante dix sept heures. Je ne crois pas que mes soixante dix sept jours pour traverser le désert, la mer, les frontières, intéressent autant.
- Je sais. Tu as vu aussi, on peut mobiliser prés de trois mille volontaires et tout un paquet d'amis pour organiser une super logistique et accompagner des randonneurs. En revanche, pour s'occuper de réfugiés en détresse, ça a l'air plus compliqué ...**

Paul Kaputnick entend la conversation et se sourit à lui même. Il n'est plus vraiment convaincu de vouloir partager le détail de cette histoire avec son père lorsqu'il ira le voir en rentrant, *comme promis.*

Dieppe 19 Août

     Je me retrouve au même moment avec Jack et Augustin, tous les trois attablés à une terrasse protégée de la pluie fine qui tombe maintenant sur le port. Nous y avions suivi à distance l'arrivée du bus au port puis son embarquement, avec soulagement. Une fois reçu le message du débarquement du bus sans encombre à New Haven nous avons appelé Sabine pour l'en informer et nous avons décidé de retourner à ce même café sur le port par bravade, pour y célébrer le passage de Dinaw en Angleterre.

     Jack tient à nous expliquer une fois encore l'envers du décor. Augustin et moi, maintenant plus détendus depuis l'arrivée à bon port de notre protégé et de la fille de Jack, avons décidé d'être bon public et nous nous installons confortablement dans nos sièges pour écouter, complices, le monologue à venir.

     - Voyez vous, tous les contrôles et ce qui va avec, cela peut se contourner à condition de se rappeler pourquoi ils sont mis en place; par exemple, vu des organisateurs du PBP, on veut surtout y éviter les accidents et aussi la fraude. On y vérifie donc les vélos, l'équipement du randonneur, l'environnement. On fait des contrôles surprises sur la route pendant la nuit ... On s'assure que les inscrits ont passé avec succès des épreuves préalables d'endurance. Mais au final au moment de la randonnée elle même, on ne regarde pas les faciès. Enfin Si ! Une fois, la veille du départ pour payer l'inscription et après avoir marqué le vélo du numéro magique, qui seul suffira à identifier le randonneur. Et croyez moi, tous les randonneurs adhérent à ça, ils sentent la course sécurisée et on ne les embête pas plus ! Le faciès importe peu, pourvu que l'on pédale comme un brave, c'est tout. Et tout cela, on le savait, grâce à Augustin qui avait déjà pratiqué le PBP
il reprend

- Pour les frontières, l'affaire est bien sûr totalement différente. Faut juste se rappeler qu'en ce moment, c'est le clandestin qui est traqué. On va passer aux rayons infrarouges le bus ou le véhicule qui traverse la douane, à la recherche de l'individu qui aurait pu se dissimuler dans une cache. On va compter et recompter le nombre de passagers du bus et le nombre de passeports. Mais si maintenant il s'agit d'un groupe qui a l'air bien solidaire, heureux de son exploit sportif, alors là, dites moi, vu du policier, pourquoi regarder très en détail chaque passeport ? Le clandestin ne peut pas s'y cacher. Il faudrait imaginer qu'ils soient tous complices ! *Impossible is not* ? C'est le pari que j'avais fait ...

J'ose un commentaire

- Faut que la couleur de la peau corresponde un peu quand même sur la photo du passeport non ?

Augustin ne peut s'empêcher d'en rajouter une couche

- Dinaw a eu de la chance que le black américain que tu es, soit un peu *café au lait* genre Afrique de l'est non ?

- Oui, oui, vous n'avez pas tort. Je dois avoir un look plutôt genre Ethiopien exténué par trois jours et deux nuits de vélo quasi no stop ? répond Jack sans sourciller

- ... Oui, il a eu de la chance ... conclut Augustin

Londres 20 Août

Robert Kaputnick ne comprend pas. Son fils, à peine rentré, vient de lui rendre visite. Mieux que l'appel téléphonique habituel, s'était il d'abord dit, très heureux de cette initiative. Et puis voilà ! Il est parti aussi vite qu'arrivé, de plus furieux.

Robert était pourtant très fier de pouvoir lui raconter le résultat des investigations qu'il avait menées sur ce Jack Lewis pendant ces derniers jours, sans parler des suites données par ses collègues, le matin même, selon leur dire. Ce Jack Lewis avait un passé *subversif*. Certes, il y avait prescription mais juste de quoi lui causer une vérification en douane lors de son retour. Histoire de l'embêter un peu. Et ceci, grâce encore à ses anciens collègues qui avaient alimenté le fichier informatique avec toutes ses *vieilles informations*.

Mais voilà qu'au lieu de se réjouir de ce mauvais tour préparé avec soin, Paul s'est emporté et vient de quitter la maison, sans mot dire, enfin sauf à lui même « *... A un jour prés ! Dinaw est passé juste à un jour prés ! Ah mon vieux fou de père !* ».

Robert Kaputnick ne comprend vraiment pas, tant il était persuadé que Paul aurait été ravi d'apprendre la bonne blague faite à sa bête noire.

Paul Kaputnick n'est pas sûr d'avoir compris non plus tout ce qui s'était passé depuis prés d'une semaine, mais il marche d'un pas léger et cela lui est vraiment agréable.

Douvres 21 Août

- Helena, je suis furieuse, tu es complètement cinglée d'avoir suivi cette idée stupide de ton père. J'avais bien raison d'être inquiète de te savoir avec lui ! Et dis moi, qui serait maintenant en tôle si ton Ethiopien s'était fait chopé avec le passeport de ton père, juste assis à côté de toi, sa supposée fille ?
Habituée aux élans de sa mère, Helena préfère attendre en silence que l'orage passe
- **Je suis furieuse, furieuse après lui ! Tu vas voir quand il osera se pointer ici !** ... Puis après une pause **Bon, maintenant, il sait faire quoi au juste ce Dinaw ? J'ai plein de travail en attente moi à l'évêché ! Quand est ce que tu m'envoies ce Monsieur, enfin ?**

Helena sourit. Après avoir envoyé en France par la poste le passeport de son père, son passage *obligé* chez sa mère ne se solde pas si mal après tout.

Dublin 28 Août / Paris 29 Août

Jack a choisi un chemin détourné pour rejoindre l'Angleterre. Après avoir récupéré son passeport à mon domicile, il a pris le ferry depuis Cherbourg pour l'Irlande avec l'intention de rejoindre l'Angleterre par l'Irlande du Nord. Il n'y a plus de frontière marquée sur l'Ile verte. **Enfin, de nos jours en tout cas**, nous a t'il rappelé, ravi de nous expliquer (une fois de plus) l'histoire de l'Irlande depuis 1916 ... Arrivé au port de Dublin il a pourtant la surprise de se faire refouler. En effet grâce au zèle de Robert Kaputnick et de ses anciens collègues, les autorités irlandaises, ont identifié *un ancien activiste* ...

Jack a de fait un peu vite oublié que ces autorités sont toujours mandatées par le Royaume Unis pour filtrer l'entrée dans l'Ile partagée entre la république d'Irlande et le Royaume Uni. Certes les activités en question de Jack, au demeurant fort pacifiques, datent des années 70, mais le vrai problème est surtout qu'il est déjà entré en Grande Bretagne la semaine précédente, sans en être sorti. Les explications de Jack n'infléchissent pas les autorités irlandaises, l'informatique fait foi … et Jack se retrouve le lendemain … à la case départ, à Cherbourg.

Une petite croisière en mer d'Irlande aller retour en quelque sorte. Une fois revenu à Paris, il faudra toute la verve et la récente renommée de *Trevor Willmot*, l'évêque employeur de son épouse pour que le service consulaire de l'ambassade finissent par accepter de recevoir Jack. L'évêque a fait le voyage depuis Douvres et accompagne Jack. L'officiel qui les reçoit regarde successivement l'évêque puis Jack avant de se fixer sur lui

- Cette alerte envoyée je ne sais pourquoi aux portes d'entrée des iles Britanniques à votre sujet, Monsieur Lewis, a peu d'intérêt à mes yeux. Les *gentils excités* des années 70 ne nous intéressent plus guère. En revanche cette double entrée en Grande Bretagne est intrigante, ne trouvez vous pas ? D'autant que la première entrée correspond à celle de votre fille et de votre club sportif ? étonnant, vraiment étonnant …

L'évêque se croit obligé d'intervenir, en dépit du regard foudroyant que lui lance son protégé du jour

- Pardonnez mon interruption, mais l'histoire est fort simple, monsieur Lewis dont je garantis de nouveau l'honorabilité, a perdu son passeport. Il ne s'en est pas aperçu tout de suite, en fait seulement après que son épouse l'ait elle

54

même reçu par la poste. Elle l'a alors contacté puis lui a envoyé son passeport ! Il a du être utilisé entre temps. Comme l'officier ne bronche pas, il poursuit sur un ton plus grave **Vous n'imaginez tout de même pas qu'une équipe anglaise au complet aurait pu couvrir une intrusion en Grande Bretagne ?**

L'officiel se lève alors et entame d'un ton désabusé

- Ceux qui parlent bien s'en sortent toujours n'est ce pas Monseigneur ? Votre récente intervention n'est pas passée inaperçue. Cela ouvre des portes, j'en conviens ... Mais je crois que nous allons surtout couvrir une entrée illégale d'un migrant parmi des milliers d'autres cette année, est ce correct ? Et il poursuit **Ce qui m'interpelle le plus dans cette histoire est la connivence qui a été nécessaire. Tout un bus dans le coup ! Nos services ont interrogé un jeune homme, Paul Kaputnick, vous le connaissez bien n'est ce pas Monsieur Lewis ? Son silence têtu sur cette affaire est ... enfin, il m'a paru, si je puis dire, très parlant !** Il s'assied derrière son bureau et continue **Je représente un pays** doté d'une culture pragmatique. **Quand une personne éduquée fait de tels efforts pour s'y rendre, avec de plus l'admiration de ses possibles futurs compatriotes, il faudrait être idiot pour ne pas l'accepter et, disons le clairement, pour ne pas fermer les yeux sur les détails embarrassants d'une complicité, au demeurant répréhensible. Mais, n'est il pas dans notre intérêt de privilégier les battants ? Qui de plus savent s'intégrer dans leur future communauté en trois jours et deux nuits, si mes renseignements sont exacts ?**

Sans plus de cérémonie, l'officiel tend alors son passeport à Jack, toujours silencieux. Pour une fois.

- Quand à vous, cher Monsieur Lewis, n'oubliez plus que vous avez *acquis* la nationalité britannique. Ce privilège peut vous être retiré !

Enfin, balayant d'un dernier regard Jack et l'évêque, il lance un solennel

- **Bon retour *at home* messieurs !**

J'attends la sortie de mon ami depuis une bonne heure dans un café de la rue du faubourg Saint Honoré, non loin de l'ambassade britannique. Celui ci me rejoint après avoir quitté son évêque ange gardien. C'est ainsi que Jack l'appelle avec dérision depuis son retour forcé d'Irlande. Je sais Jack souvent déroutant et parfois très expansif. Rien de tel cette fois, une tristesse, simple mais profonde se lit sur son visage lorsqu'il me rejoint. Cela m'étonne.

- **Teddy, vois tu, un bonhomme se retrouve maintenant là ou il a envie et surtout besoin d'aller. On devrait s'en réjouir, d'autant plus qu'on a pu jouer ensemble un petit tour au destin et ceci sans casse au final ! Et puis maintenant mon *ange gardien* vient juste de me sermonner - dois je en être surpris ? - et me rappeler un événement historique mal connu : la conférence d'Evian en 1938. Il m'a même préparé un petit papier la dessus. Cela me fout le bourdon, comme on dit dans ton pays. Je te le lis ...**

Quelques minutes plus tard Jack pose le papier sur le comptoir, reprend sa respiration et me souffle,

- **Teddy mon ami, je crois que nous n'avons pas fini d'avoir Augustin et Sabine sur le dos !**

***
*

Quelques personnages, certains déjà rencontrés ...

Augustin TRIBOULET
Parisien et héros (malgré lui et alors très jeune) d'une bande dessinée, il a (re)pris vie sur le tard, à l'occasion d'une curieuse affaire dans *Augustin qui n'était pas un saint et les autres.* Marcheur et amateur de bons vins. On le découvre ici cycliste.

Dinaw
Réfugié Éthiopien qui préfère garder l'anonymat.

Helena LEWIS
Fille de Jack Lewis, Professeur de littérature anglaise et grande sportive..

Jack LEWIS
Afro-américain installé en UK. Ami de jeunesse d'Augustin. Omniprésent. Amateur cycliste et comploteur en tout genre.

Paul Kaputnick
Jeune analyste à Scotland Yard

Robert Kaputnick
Père de Paul, récemment mis à la retraite de Scotland Yard

Sabine de GARGAN
Ancienne révolutionnaire partiellement assagie. A l'origine ou témoin de pas mal de galères.

Teddy IOMIRI
Ami intime d'Augustin. Quelque peu autobiographique.

Table des matières

Ch.1 **Les anglais s'y mettent** p. 9

Ch.2 **Ça grimpe, ça cause et ça délire** p. 13

Ch.3 **Tirez donc les premiers** p. 21

Ch.4 **Pédale mon frère !** p. 29

Ch.5 **Le retour** p. 41

Epilogue p. 49

Quelques personnages, certains déjà rencontrés p. 58

Les Petits Ecrits à Tiroir